句集

風鈴

久保東海司

kubo tokaiji

文學の森

まえがき

旧制桃山中学校（現・桃山学院高等学校）の同級生に前島重雄君（俳号・春陽）がおり、二人で「みつばち」という青年俳句誌をガリ版刷りで作成したのが昭和十六年四月のことです。選者は当時、結社「山茶花」（田村木国主宰）の植原抱芽先生に依頼、会員も十二名となり、七十二号まで継続しました。

月日が経ち、平成三年七月に守口市在住の岡井省二氏が「槐」という結社を結成、縁あって直ちに入会し今日に及んでおる次第です。

現在は、グランダ四天王寺（有料老人ホーム）で俳句会を指導しておりますが、本年十一月を以て満八十八歳米寿を迎えるので、その記念として句集を編むことにしたのです。
現在、「槐安集」作家として活躍中。

〔槐選集『觀』より〕

「槐」百号記念として選集『觀』を贈ります。本集は創刊平成三年七月号より平成十一年一月号に至る私の厳選集。まことに歓びごとです。ここに載った句々、そしてその作者、大いに誉れとされたく存じます。

平成十一年立春

槐庵　岡井省二

〔久保東海司・収録句〕

うなぎ屋の元祖いづれぞ土用東風　（『觀』）

躙り入るとき笹鳴きをそびらにす　〃

祓はれて上眼使ひの七五三　〃

胡坐ひとり許されてゐる雛の前　（『槐歳時記』）

風鈴の短冊読める程の風　〃

句集　風鈴◇目次

装丁　宿南　勇

句集　風鈴

ふうりん

Ⅰ 新年・春

初詣いくさなき世を合掌す

髪かたち替へて晴着を恵方道

僧立ちて燭継ぎ替ふる初大師

刻打たぬ時計のありて去年今年

検診の事なきを得て年迎ふ

鐘撞いてひびき掌にあり年迎ふ

宵戎ぬくき日和も福の内

戒めの言葉のありて初暦

書初の硯に貰ふ神の水

羽子板の撞き痕のこし世を去りぬ

雪国の絆をつなぐ賀状手に

鈴鳴らす巫女を畏み雀の子

外界をしばしのぞきて蝌蚪沈む

早春の風に花あげ野水仙

抱卵の鶏のまばたき涅槃西風

顔丸くうつりて割れしシャボン玉

潮凪いで吉日となる蜆売

川下り入れて桜のコース組む

囀りのかたまつてゐる大和かな

花筏組む程もなく堰を越す

虻まとひ綿菓子の綿巻き損ず

シャボン玉流れお伽の国に入る

風向きの変りて野火のたたら踏む

ものの芽の朝日の影をとどむほど

流し雛しばらく吾に目もくれず

涅槃西風船より落とす厨水

梅なんと沖の白波より白し

囀りや鏡のうちの山を拭く

春田打ちつつおのが影鋤き込んで

雛まつりはづむ声して酢の匂ひ

夫婦雛囁く距離に相寄せて

鳥雲に人間この世しか知らず

事ここに至りて浅蜊蓋を閉づ

山桜からりと晴れて風の墓地

声とどく辺に子が散って磯あそび

木の芽和夫婦に広き夜の卓

死は予告なし墓叢の花明り

入港の合図の汽笛鳥帰る

布かぶせ木魚しづもる目借時

蝶々の適ふ棲み処(ど)の花壇苑

袋もて振ればささやく花の種

倒産のことには触れず春休み

蛤の目覚め口より泡を吐く

巣つばめのとぶ決断のなき一羽

春一番波立つごとく葉を散らす

黒板は平仮名ばかり豆の花

強東風の果ての沖鳴り聴くばかり

沖鳴りのたかぶり海猫（ごめ）の鳴き止まず

雨粒の光る芽吹きの枝垂梅

記紀に言ふ山々日毎芽ぐみをり

給食の釜傾ぎ干す春休み

髪を梳く合はせ鏡に桃の花

露天湯の湯煙がくれ燕来る

わが影に入りて流るる花筏

渓流の風噴きあげて梅にほふ

花冷えや夕星うるむ喪に服す

川べりの桜こまごま光りつつ

白魚の小さき命小さな目

吹く風も紫にして藤の花

花筏棹さす程の流れなし

一陣の風が蜂起の杉花粉

山焼きの終の炎は闇に伏す

満開をおのづと褒める花見客

みくじ凶枝垂ざくらの枝に結ふ

目のとどく限り見守る潮干狩

岬離れ帰雁の高さ定まりぬ

葱坊主一つ二つは拗ねてをり

厩出しの日向に遊ぶ草千里

綾取りの川かすめ舞ふ夕つばめ

波音をゆりかごとして流す雛

一刷きの雲置き去りの春の山

報恩に謝すべく参る彼岸寺

白魚の目のちりぢりに椀の中

式次第終りいよいよ卒業歌

初蝶のおぼつかなさを目で追ひぬ

シャボン玉笑うてゐては膨らまず

堰を越し流れにまかす花筏

眉程の遠き白波針供養

生き方を変へる気もなし蜆汁

来る客に見あふ白酒造り置く

ためらひし手より離れて流し雛

婚の荷の結び目高し春日和

深山にうぐひすの声澄みわたる
青空に凧の白糸ひとにじみ

Ⅱ 夏

ところ得て夕蟬のまたひとしきり

葉桜の深夜をののく地震なりき

萬緑に入りて停まらぬ縄電車

許さるる丈まで伸びよ今年竹

雨蛙小さく跳んで雲に乗り

前うしろと手間どりつける夏袴

蟬落つる枯山水の波の上

裁ち鋏大きく使ひ祭笛

風なくて目の先よぎる螢の火

大滝のこだましてをり山葵村

蟻の列ときに道草してをりぬ

孑孑の浮いては雲にふれゐたる

天上にかかる雲なし朴の花

研ぎあげし鎌の匂ひし麦の秋

散り易き船虫終に見失ふ

あめんぼう力抜くとき流さるる

水不足などを話題に鰻食ふ

浜木綿や潮目さだかに日の沈む

蚊柱の崩れかかりて立ち直る

竹皮を脱ぐや誰にも見られずに

いでたちの一揆さながら溝渫へ

手囲ひをほどき螢のなすがまま

盗泉の水を好まず螢とぶ

不揃ひの箸を配られ沖膾

おだやかに水争ひの口火切る

航く濤をうちかぶる鵜の浮寝かな

黒鯛はねてまばゆき海の青さかな

草螢水に誘はれ低く輝る

記者室のをとこ臭さよ水中花

田水張り湖東忽ち包む水

青嵐目玉のずれし目玉焼

直会（なおらい）の昼酒利きて蟬涼し

結願を満たしてをらず夏椿

パラソルや魞に水位の減つてをる

爺の背の広さに眠る祭の子

湯疲れと歩き疲れをお花畠

口笛を久しく吹かずパリー祭

風に鳴る嵯峨野の里の今年竹

篝火に鵜縄のもつれほぐしやる

風鈴を吊り聞法の座ごしらへ

はたた神ひとり朝湯を荒づかひ

サングラス外せば妻の瞳となりぬ

くらがりの海くらがりの星涼し

風鈴の音色はかどる針仕事

形代の流れ易きはをんな文字

睡蓮の水の余白に雲を置く

別府の地獄めぐり

湯地獄や夕蟬の声流れ込む

蟻の道避けて水打つ忌日かな

豆飯や人肌ほどの酒を添へ

渋滞のおこることなき蟻の道

身に合はぬ父の遺品の白絣

廻廊の寺苑に牡丹百程に

金婚の父母に草笛吹き祝ふ

白牡丹四方より闇の来て包む

篝火に自づと潜る対の鵜よ

虹の橋渡りたき子の瞳かな

盃重ね座敷に風を鮎の宿

雀来て茅の輪の空を囃しをる

顔より昏れ互ひに螢待つ水辺

身ほとりの憂きこと言はず水中花

サイダーの泡吐き続け雲の峯

汗の引くまでは話の外にをり

花菖蒲開く光陰しづかなり

夕螢ところかまはず出でにけり

教会をがんじがらめに蔦繁る

サングラス父母の墓前に来て外す

声かけて言の葉散りぢり滝の前

逢ひ逢はぬ事も運命（さだめ）や蟻の道

金魚田に集ふ金魚の水は朱に

心ひとつに出目金を掬ひをる

清流の闘ひ知らず太き鮎

ストローが終りを告げしソーダ水

川べりの声のふえくる螢狩

風鈴の短冊読める程の風

満天の星眼に慣れて夜の秋

一山の蟬を気にせず座禅組む

風を呑み腹のふくるる鯉のぼり

御陵を要にみどり限りなし

風と来て風と去りゆくみづすまし

高低の音色巷に祭笛

子の嘘を一つ日傘の中に聴く

正面の滝を見据ゑてしぶき浴び

鱧の皮上座にあぐら組みて酌む

何か言ひ交はして蟻のすれ違ふ

噴水よし陽を鷲づかみする気配

泳ぎ出て息合ふ親子抜手切る

三山のふもとになびく青田の艶

一人では出来ぬシーソー炎天下

呑み干して声となりけり岩清水

もてなしの酒席賑はふ螢籠

うすうすと虹うすうすと雲湧きぬ

外出に晴雨をかねる日傘かな

水に映ゆ雲に移りしあめんぼう

痛飲の酒に頬染め川床涼し

吟行の汗をひと薙ぎ滝の前

はぐれたるまま人に蹤く祭の夜

夕薄暑昔馴染みの神輿かな

わくら葉や蝶の舞ふごと奔流に

厩より揚羽追ひ出す調教師

夕虹を容れて縄飛び百数ふ

Ⅲ
秋

食すすむことの幸せ菊膾

いわし雲舟を押し出す男衆

質草に蚊帳あるむかし初ちちろ

石佛を石工が寝かす星月夜

縫ひあげてひねもす匂ふ菊枕

揺れ易きものには乗らぬ鬼やんま

地蔵会の供物余さず分けにけり

紅葉鮒二つ秤目定まらず

霧晴れて海の風待つ風見鶏

石佛に無月の瀬音あるばかり

致死量といふはどれ程鳥兜

すぐと言ふ駅の遠さや稲架日和

柿供へまことに子規の墓なりし

差し潮の貯木場かすめ雁わたし

丹波より連れて来られし鈴虫よ

葬送の読経たかまる野菊晴

みの虫の糸の長さを目で測る

奔流の音をはなさぬ初紅葉

紅葉且つ散り参道の日向水

櫂伏せて没日さなかの魞を解く

人さらひ来ぬかと花野振り返る

火祭の火の粉すだれは地にはじけ

一の字にためす墨色柚子明り

霧ぶすま分け入る妻の男騎(の)り

木の実降るかごめかごめの輪の中に

雲水に熟柿二つを喜捨したる

飽食の座へ吹きかはる葛の風
吾に蹤く蝶よ花野を逃れきて

虫の原明けてころごろ細くなる

月の秋ナプキンの立つ予約席

いわし雲浜の干場の烏賊すだれ

松手入れ動くともなく続きをり

四つ手網月の雫をこぼしけり

秋の蚊をあれ程わが身打たずとも

とりあへず露の軍手を石に干す

聡明の相は犬にも涼あらた

黒髪のおとろへ月にのぞかるる
月を待つ水にやすらふ鯉の数

市街化に残る築山小鳥来る

どの服の柄につけようゐのこづち

雁わたし地図の折り目の分教場

鉦叩わが脈拍と共鳴す

会釈に応ふ僧の合掌竹の春

鯛や海の没日を正面に

鬼の子やみのを着替へることもなし

鬼灯の鳴らぬ鳴らぬと泣く子かな

聞き役に廻りたたみし秋扇

紅葉且つ散る石庭の波の上

蜩の目覚め朝より姦しく

富有柿固さ加減を手でさはる

月明の杜に人現れ身ぶるひす

夕映えて穂を解きそめし芒かな

嘘をつく口で鬼灯鳴らしをる

立ちつくすままに枯るるや菊人形

雁の列墨濃淡の山水画

木の実独楽よろけ木の実に戻りたる

さりげなく子と住む話星月夜

満天の星美しや菊畠

般若寺の空の紺澄む秋桜

萩叢に風押し戻す力あり

阿波踊見てゐて列に引込まる

朝顔の次の風待つ遊び蔓

鈴虫のひねもす鈴を振る習ひ

灯を消して鳴く鈴虫に夜をつくる

鈴虫の世話をおのれの日課とす

頂上の視界に余る花すすき

風渡り霧は外人墓地を攻め
ゆるやかな霧ゆるやかに湖晴るる

熟柿落つ音に始まる寺の鐘

墓参後に帯解けば落つ財布かな

煌々と流燈百が堰を落つ
おさげ髪梳いて花野へ数へ唄

壁占めて競ふ魚拓や鰡の秋

骨壺を抱きしこと二度露の墓

息入れて折鶴翔たす秋の空

紅葉茶屋水車は水を裏返す

螻蛄の鳴く寝嵩の低き児の熟寝（うまい）

稲雀群れの落ち着く鬼瓦

輪を少し拡げ踊りをたやすくす

樽漬の泡のつぶやき冬隣

Ⅳ

冬

冠雪の富士遠目にも美しや

雪よ降れ降れお浄土を埋めつくせ

翅たたみきれず歩めり枯蟷螂

リストラの如く大根引き抜かれ

首かはすスワンの夫婦冬の湖

萩枯れて古代静かに眠りをり

風蝕の墓に笹鳴き聴くばかり

綿虫のとぶ日曜の倉庫街

十夜果てしらじら照らす月の道

事もあらうに聖夜待ちつつ逝きぬ

百僧の一揆の如き煤払ひ

河豚鍋や欠席葉書絶筆に

火伏神貼られし壁や師走来る

寒鯉の鰭ひとそよぎひと濁り

晩学や半紙にこぼす木の葉髪

凍て蝶の生死いづれか触れてみる

芒野の半分が程枯れ極む

鳰浮かぶおのが潜りし輪の外に

沖合の潮目輝く崖水仙

氷張る池の緋鯉を閉ぢ込めて

浮かび出る親に鵼の子鳴き寄りて

雪晴れの夜につづきて星青し

走り湯の筧の他はなべて凍つ

雪冠る馬見て冷えのまさりくる

新雪の光綾なす窪に彳つ

雪降るやあはれ輓馬の深眠り

虹消えて枯野は枯れのひと色に

旅を継ぐ悔いなき日々や雪にあけ

鯛焼の腹に粒餡満たしやる

内陣の障子明りに石蕗の花

指切りを忘れじと買ふ聖菓かな

推敲のひとときなりしふところ手

駅二つ居眠り過ごす四温かな

朝な冷え込みて鴨の輪解け切れず

岬鼻に潮差しのぼる野水仙

陶狸笠の緒締めて寒に耐ふ

冬の日を浴びんと孔雀羽拡ぐ

鎮魂の更地に禱（いの）り息白し

連れあひと潜りくらべの鯨かな

山枯れてぞくぞく孵る星の数

湖の神見守る鴨の潜りつぐ

妻逝きて棺に寒菊埋め満たす

時雨浴び一対の鳰潜りづめ

勝ち馬をなだめ枯野を一周す

三寒の足湯四温のバイキング

鴨の来て湖の寒さを拡げたり

天涯に星の私語あり冬木立

柿の葉の枯れてからから風に鳴る

流人めく木枯の街古書探す

座に運ぶ粕汁湯気を従へて

勤行の一喝ありて寒牡丹

具の少しむかし雑炊ばかりの日

神渡し蛸壺に砂入りまじる

結界の石みな佛雪を置く

野辺送りときたま雪の降りかかる

山眠りかけしを鶴の呼び起こす

雪吊りの裾ひろがりに雪を待つ

凩の果ての水平線歪む

雪濡れのたてがみを梳く大根馬

綿虫や雲をこぼるる日をまとふ

笹鳴きや嵯峨野に多き道しるべ

笹鳴きや生活(たつき)の詩をよみつづけ

霜日和鈴を外して猫葬る

梅早し衣ずれ耳につく廊下

針穴に目の利く日なり一葉忌

雪眼して古書は十字の瘤結び

水仙の香と潮の香のせめぎあふ

水仙や庵に小さく尼住めり

鳰息を合はせ音なく潜りをる

風の他鳰おびやかす何もなし

からみ合ふ赤銅色の蓮の骨

鶏鳴にはなやぐ小屋の寒卵

句集　風鈴　畢

あとがき

句集名の『風鈴』は集中の、

風鈴の短冊読める程の風

より採用したものです。この短冊には自筆で「くらがりの海くらがりの星涼し」と記しています。

このたび句集を刊行しようと思い立ったのは、俳句を始めてから今年で七十年以上になると気付いたことからです。周りの方々にご相談すると、良い機会だから出されたらと勧められ、いよいよ小生の米寿——すなわち平成二十七年十一月二十九日に初お目見えとなるわけなのです。

「槐」主宰・高橋将夫先生には、ご多忙中にもかかわらず選句と温かい帯文を賜りました。心より厚く御礼申し上げます。

また、句集を編むにあたっては「文學の森」編集部の皆様に懇切なご配慮をいただきましたこと、記して御礼を申し上げます。

平成二十七年十一月

久保東海司

著者略歴

久保東海司（くぼ・とうかいじ）　本名　賢一

昭和二年十一月二十九日生
昭和二十六年七月　朝日放送入社
昭和六十三年十一月　同右退社
平成三年七月　「槐」入会
平成五年七月　「槐」同人
平成二十二年七月　「槐安集」同人

現住所　〒五四三―〇〇四三　大阪市天王寺区勝山二丁目二一―二〇
グランダ四天王寺五〇七号

句集　風鈴（ふうりん）

発　行　平成二十七年十一月二十九日
著　者　久保東海司
発行者　大山基利
発行所　株式会社　文學の森
〒一六九-〇〇七五
東京都新宿区高田馬場二-一-二　田島ビル八階
tel 03-5292-9188　fax 03-5292-9199
e-mail mori@bungak.com
ホームページ　http://www.bungak.com
印刷・製本　小松義彦

ISBN978-4-86438-448-3　C0092